KB275181

아무도 미워하지 않고 한 계절이 지나갔다

민음의 시 ● 337

민음사

아무도 미워하지 않고 한 계절이 지나갔다

김이듬 시집

민음사

자서(自序)

오래도록 어둡고
우울한 음악을 들었다

그러다 거대한 불에 휩쓸렸다
올해 봄날은 잿더미
암흑세계였다

생체발광할 수 있다면
차가운 빛을 만들 텐데

더듬어 시를 켰다
절벽이 보였다

2025년 12월
김이듬

일러두기

* 맞춤법과 띄어쓰기는 현행 맞춤법 규정을 따랐다. 단, 시인의 의도를 살리기 위해 일부 표
  기는 그대로 두었다.
* 문장 서두의 '〉' 부호는 앞의 연과 한 줄 띄운 것임을 나타낸다.

차 례

3부

1부

이 세상에 없는 것

약 넣으러 왔어요

길모퉁이 시계 가게 주인은 저녁 식사 중이다 먹고 있
던 배달 도시락 뚜껑을 덮고 일어난다 낡은 작업대로 가
서 보조 확대경을 왼쪽 눈에 붙이고 시계 뚜껑을 연다

시계가 멈춘 지 오래되었죠? 시계 배터리에 녹이 슬었
네요 이 배터리는 이제 안 나옵니다 이십 년 전에도 구하
기 어려웠어요 특이하게 플러스극과 마이너스극이 반대로
장착된 배터리라 시계판 전체를 바꿔야 하는데 그러느니
새로 사는 게 낫죠

어떻게든 약을 구할 수 없을까요?
이제 어디서도 구할 수 없을 겁니다

남대문 시장에서도 오래된 시계를 잘 고치기로 소문 난
할아버지가 포기하라고 말한다
나는 여러 시계 수리점을 거쳐서 여기 왔다

아버지가 차던 오메가 시계인데
바람 부는 골목에 서서 네이버 사전을 찾아보니
오메가란 그리스 말로 끝, 종말이란 뜻이라고 나온다

마지막으로 넓고 환한 귀금속 가게에 들어왔다
나보다 먼저 온 이가 목걸이를 팔고 현금을 받아 나갔다

그 순금목걸이가 그렇게 싸요?
저 아가씨가 어젯밤에 와서 이게 맘에 든다며 같이 온
남자분한테 선물받은 건데요, 오늘 도로 갖고 와서 현금
으로 달라고 했어요 살 때 가격보다 훨씬 낮은 가격에 되
판 거죠

여기서도 내 시계 알은 구할 수 없다고 한다 오십 년
넘은 시계니까 골동품으로 간직하라고 했다

나는 다리가 아파서 좀 쉬었다가 가도 되겠냐고 물었다
빨간 플라스틱 의자에 앉아 주인과 함께 천장 가까이
매달린 작은 텔레비전을 보았다

＞ 금을 팔고 간 아가씨는 남자를 바꿔 가며 자주 오는데
항상 순금제품을 고른 후, 다음 날에 혼자 되팔러 온다고
했다 내가 묻지도 않았는데

"이 골목에는 출생 신고하지 않은 아이들이 많습니다.
아파도 병원에 갈 수 없고 나이가 차도 학교에 가지 않습
니다. 유령처럼……"

다큐멘터리에 나오는 아시아 저 골목은 여기와 닮았다
세상에 없는 사람들이 몸을 거래하는
　나는 약이라고 부르고 시계방 주인들은 알 혹은 배터리
라고 부르는 이 작고 둥근 것을 매만진다 다 닳은 세계를
손바닥에 놓고 본다

　다 소모된 것과 사라진 것의 차이는 뭘까
　모두 끝났다고 말해도 될까
　이 세상에 원래 없었던 것 같은
　그것을 찾아 나는 어딜 이토록 떠도는 것인지

에튀드

삐걱거리는 마루 위를 걸어갔다
피아노 앞에 앉았다
굳어 있던 손가락이 움직였다
네가 올 거니까

정원에는 새하얀 침대 커버가 마르고 있다
긴 장마가 끝났다
어제까지 흘린 눈물과 땀이 빈틈없이 사라지는 정오

다시 폭풍과 기근, 역병이 올 거라는 뉴스가 들렸다
찬장 모서리에 머리를 부딪치고 유리잔을 떨어뜨렸지만
아무것도 깨지지 않았다
네가 올 거니까

숟가락으로 죽을 뜨며 할머니가 말한다
전쟁 중에서 결혼하고 피난 중에도 아기를 낳았다고
살아 있으면 만난다고

흔한 말인데 오늘따라 웃음이 난다

처음 듣는 음악처럼 귀에 들어온다
네가 올 거니까
새벽은 더 이상 푸른 절벽이 아니고
밤은 더 이상 미완의 종말이 아니다

우리가 함께 연주할 곡을 고르는 동안
무한하고 사랑스러운 마음을 되찾는 동안
더디게나마 네가 오고 있는 동안

소비뇽

술 사러 왔다 은정아 네 사무실 집들이 선물 사러 왔
어 월세 비싼 연남동으로 출판사 이전한 건 너무 무모하
고 용감한 짓 아니니

난 네가 맥주 좋아하는 줄 알지만 내가 좋아하는 소비
뇽을 고르겠어 야생을 뜻하는 소비뇽 야생은 천성의 다
른 이름일 거야

동시에 소비뇽은 나의 죽은 강아지 이름 알지? 소비뇽
은 다정했고 후각과 지구력이 뛰어났지 펫페어 강아지 달
리기대회 선수로도 참가했잖아

소비뇽에게는 사냥개 피가 섞여 있었지 은정아 너는 천
성적으로 다정이 병인 사람 아니니 마음을 잘 꺼내지

이미 나는 시음주를 많이 마셨어 여섯 종류 와인 중에
서 네 잔이나 따라 주잖아 가격 대비 뭐가 좋은지 모르겠
어 달리기도 전에 취하면 안 되는데 와인숍 타일 바닥으
로 자빠지면 안 되는데 품종이나 산지를 찬찬히 살펴보지

도 못한 채

우리는 참 가성비 없는 삶을 사는 거 같아 나의 본성
은 하얄까 밤새 타이핑했는데 백지지 나만이 쓸 수 있는
걸 지은 것 같은데 귀에 익은 멜로디래

네가 만들기로 한 해물 파스타 맛이 궁금하다 그거랑
페어링 좋은 소비뇽 블랑 두 병 안고 가고 있어 사라지는
가을 저녁이네 우리 하염없자 야생하자

봄, 비, 공원

꽃박람회가 열리고 있었다

우리는 표를 사지 못해서

둘러볼 수 있는 데가 별로 없었다

선인장 전시장도
장미원도
공연장도
출입이 제한되었다

비가 오기 시작했다
뾰족 지붕과 하얀 천막들이
천천히 기울어질 것 같았다

순식간
가벽 너머에서 만발한
꽃향기가 넘쳐 왔다

세상의 모든 꽃이 일제히
내 감은 눈앞에서 피어났다

쉽게 만족하는 나한테서
시무룩하게 너는 뒤처져 걸었다

원 없이 비 맞았다 비닐봉지로 휴대폰을 감싸니까
비가 퍼부어도 좋았다

서로에게 미안하다고 말했다

현기증

이 길밖에 없을 줄 알았는데
좁은 비탈길을 한참이나 올라왔는데

사람이 많다
넓고 호화로운 카페다

몰랐어? 윗길에서
여기까지 차가 들어오는 거

너는 웃으며 내게 묻고
명랑한 네게 적응이 안 된다

우리는 차를 주문하고 정원에 자리를 잡는다

나한텐 그림이 전부야
세상이 어두워서 어두운 그림만 그렸는데
이젠 그림이라도 밝게 그리기로 했어

칠이 벗겨진 철문처럼 신비롭긴 하다

너의 변화가

그리고 궁금하다
부분이 전부인 삶이
끝까지 가 보는 태도가

이상하리만치 나비가 많지?
나는 나비를 가리키고
너는 꽃을 본다

흰 나비를 자꾸 보면 누가 죽는대

나비 색깔은 나비가 지닌 난각막처럼 얇은 날개 색깔로
판명된다
마치 날개가 나비의 전부라도 되는 것처럼

산책

치유의 숲을 걸었다
붙여진 이름이

슬픔의 숲이었다면
걷는 사람이 그리 많지 않았겠지

동백 숲길로 이어졌다
동백꽃은 없었다

시기를 잘 못 맞추는
내 잘못이라고 생각했다

노루 뿔은 12월에 떨어진다고 적힌
푯말이 있었다

동백 오일과 동백꽃 무늬 파자마 파는 기념품점에
사람이 없었다

예술가가 없는 예술가의 집을 지나왔다

﹀ 낙석에 맞아 죽은 사람이 있어서 출입통제구역이 되었
다는
  오목한 물웅덩이가 있었다

  선녀가 없으므로 선녀탕이 있었다

귀여운 여인

너는 서른, 수수한 푸른색 셔츠 입었다. 네 팔꿈치에서 흙냄새가 난다.

백화점 1층처럼 실내가 온통 향수 냄새다. 거실 테이블에 향수병 스무 개쯤 깔아 놓고 손님들이 오랫동안 뿌리며 자기한테 맞는 향수를 찾았다. 날씨가 겨울 같지 않게 따뜻해서 모두 수영복을 가져와 이 건물 옥상 수영장으로 수영하러 갔다.

여태 손님들은 너를 보지 못했다. 너는 피오니 향, 장미 향, 바닐라 향이 속임수처럼 남아 있는 시향지를 치운다. 너는 나무 냄새, 흙냄새를 좋아한다.

리앤이 친구들을 부른 것. 제이든, 그리고 조. 그들은 유학 중에 만난 중년 친구 사이, 영어 이름을 부른다. 그것이 서로를 속이지 않는 방식 같다. 리앤의 고층 아파트는 공기가 잘 통하고 유리로 된 공간이다. 석촌 호수와 테마파크와 여러 방향으로 녹지 시설이 보인다.

너는 커다란 트레이 들고 발코니로 나갈 것이다. 너는 리앤의 눈짓에 따라 마들렌과 홍차를 테이블 위로 옮기고 돌아선다.

리앤: 너무 귀엽지 않니? 쪼끄맣고 말라서 귀여워. 마닐라에서 왔대.
조: 일은 잘해? 귀엽긴 하다.
제이든: 쉿, 듣겠다.
리앤: 쟤는 한국말 전혀 몰라. 그래서 편하잖아. 맘대로 얘기해도 돼.

이제 리앤은 기다렸던 대사를 솔솔 친다. 마들렌 부스러기가 섞인 따뜻한 홍차 한 모금이 내 입천장에 닿는 순간, 나는 몸을 떨었고, 내 안에서 무언가 놀라운 일이 일어나고 있었다.

신선한 편은 아니지만 조금 지친다고 느끼지만 너는 종종 표절한 예문을 통해 듣기를 배운다.

일터에서 너는 영어만 쓴다. 너는 편하고 귀여워야 하니까. 너는 역할을 따분해하는 가사도우미로 위장한 것 같다.

우리는 일대일 멘토링 수업에서 만났다. 단기완성이 목표다. 너는 '동남아 어디에서 왔어?'와 '귀엽게 생겼네요'라는 말을 자주 듣는다고 했다. 나는 네게 가르친다. 그르치는 것일 수도 있다. 귀엽다는 말이 단지 사랑스럽거나 소중하다거나 예쁘다는 뜻이 아니라고. 다소 종속적이며 위협적이지 않은 대상한테도 "아, 귀여워" 그런다고. 내가 어디서 읽은 내용을 들려줬다.

너는 어려워서 못 알아듣겠다고 했다. 휘적휘적 우리는 내 방으로 갔다. 정서 경험이 실습적으로 필요하다. "아아, 귀여워." 너는 나와 같이 사는 미지에게 손을 뻗어 가슴살을 주었다. 우리는 저염 간식 주는 행위를 통해 저렴하게 행복을 느꼈다.

나는 너의 외국어 과외선생님. 이 문장 일부는 틀렸다.

> '사랑스러워'를 '사랑해'로 고쳐 말하라고 소리 질렀다
밥 먹다가 그는 떠났다

14년 전에 낸 책에 나는 썼다. '사랑스러워'와 '사랑해'의 차이를 네게 설명해야 한다. 시집은 학습교재로 좋지 않다. 사랑에 어울리는 예문을 찾지 못해서 나는 맨날 무서운 얼굴일까? 올겨울 나는 너의 흙처럼 귀여워질 것이다.

덜 떨어진 사람

1 낙차

나에게 아이들이 있었습니다. 밝은 미래가 예견되는
성인을 아이로 보는 나는
아홉 마리 양을 놔두고 한 마리 양을 찾는 꼰대 같습
니다.

우리가 처음 만난 날, 교실 밖에는
여름비가 내렸습니다.

시란,

다음 말을 잇지 못해 하염없이
창밖을 바라보았습니다. 빗방울도 낙차가 있더군요.

뒷문 앞에 앉아 있던 학생이
뒷문으로 나갔습니다.

> *2 드롭*

- 인턴십
- 다른 학우들에 비해 시에 대한 관심과 이해가 매우
부족하다고 생각함
- 상대평가에서 좋은 성적을 거두지 못할 것 같음
- 시를 쓰고 리포트를 쓰는 게 부담스럽습니다 죄송합
니다
- 개인적 일정이 생김
- 전공에 투자할 시간 부족
- 가정 형편상의 이유로 알바 일정을 늘리게 됐습니다
- 없음
- 수업이죠 동료 작가들 글은 딴 곳에서 받아보겠습니
다. 재밌게 수강했습니다!

일곱 번째 강의 도중 나는 학교 홈페이지에 접속했습니
다. 창작의 세계 수강 취소 사유 탭을 간신히 찾았습니다.
궁금은 미로를 잘 찾아냅니다. 아홉 명이 공동창작한 한
편의 시라고 할까. 특히 시니컬한 마지막 행이 압권이었습

니다. 앞으로 남은 여덟 번의 강의를 어떻게 꾸려 갈지 낙
심했습니다.

3 저마다의 낙법

　지하철역 입구에서 받은 전단지처럼 사유들을 읽지 않
는 편이 나았을까요? 나는 노인이 준 전단지를 읽지 않아
도 최소한 노인이 보는 데서 버리지는 않습니다. 나의 미
로에서는 언제든 땅 꺼짐이 발생할 수 있고 나는 귀로에
어디서든 쓰러질 수 있습니다만…… 성인이 될까 봐 나를
통제합니다.

　내리라뇨? 2호선은 계속 돌아가는 순환 열차가 아니었
나요? 사람도 돌고 돌아서 돌아오는 게 아니냐고요! 열차
가 나를 여기 떨어뜨려 놓고 차량기지로 간다고 하네요.
다들 나를 떼놓고 저녁으로 가겠다는 말입니까? 떠나보
내는 심정은 떨어지는 기분…… 높은 데 사람보다 지하에
사는 사람이 자주 추락합니다. 나의 미로는 층층이 식상

합니다. 비상계단에 숨어 잠을 자다가 밤에 마트로 잠입
해 물건을 훔친 사람이 뉴스에 나오더군요.

생리대
초콜릿 바
담배
술

목록이 내가 훔치고 싶었던 것들과 흡사하네요. 저 도
둑은 이제 감옥으로 떨어지겠죠. 세상은 거대한 수용소라
고 그랬죠. 그래서 당신은 나를 가둬 놓고 잘 지내고 있는
거죠?

귤 따기 체험

귤을 자세히 볼 때는
귤 따기 직전

크기와 색깔도 살핀다

감귤을 쥐고
가위로 꼭지를 자른다

가위를 바꿔 가며 잘라낸다

다알리아 가지를
청바지 끝단을
상자를
고기를
관계를

거머쥔 것이 태도를 형성한다

말과 시간을 잘라서

밭에 심었다

공용어 통신

우리는 사용한다
셈여림은 이탈리아어로

공항에 피아노가 있다

우리는 말한다

닭발이 한가득 든 대야를 사이에 두고
지독하군

(귀 좀 기울여)

커다란 어항을, 밤의 지하철 선로를 사이에 두고

우리는 자꾸 말한다

머뭇거리며
거기와 이곳에서
고립과 공존 사이에서

사람과 고기 사이에서

가까울수록
안 들려?

(통하지 않을 줄 알 텐데)

대낮의 졸음을 접어 두고
예쁘게 덮어 둔 쓰레기 동산 앞에서

너는 이누빅에 간다고 했다

(어차피 해가 지지 않아도 밤이잖아)

보캉송?
시퍼렇군!

에스키모어로
사람이 살아가는 곳이라고 부연했다

쪽에서 쪽빛을 얻기까지

세상이 꽃밭이라면 나는 꿀벌이 아니라 말벌이었겠지.

다행히 네가 사랑하는 세상이 풀덤불 가시투성이라서, 나는 두 발로 뛰어다니네.

너는 수수만년 혹독한 밤을 지난 것 같아. 그래서 즐거운 이야기를 할 줄 아는 사람, 내가 근처에 왔다가 들렀다고 말하면 믿어 주는 친구.

쪽풀을 뜯는 네 뒷모습 보다가 나는 항아리를 씻네. 네가 푸르죽죽하게 쪽물 밴 손바닥을 내밀며 어서 가라고 말하기 전에 내 손바닥 펼쳐 잿물을 젓네.

이렇게까지 번거롭게 색깔을 만들어야 할까, 촌스럽게 유행에 너무 뒤떨어지는 거 아냐? 이렇게 쏟아붙이지 않을 만큼 내 감정이 간결해진 걸까.

물감 이전에 천연염료가 있었다고, 항아리 이전에 흙이 있었다고 네가 말하는 소리가 좋아서 나는 속뜻 같은 건

신경 쓰지 않기로.

네가 내 삶을 구하러 온 친구가 아니어서 다행이야. 있는 그대로 네 빛깔이 좋아.

친구는 나를 툭툭 치며 마구 구겨지고 더러웠던 내 마음을 밟는다. 커다란 대야에 넣어 밟아 빠는 흰 광목천처럼 나는 너의 색깔을 담을 준비가 되었다.

한여름 저녁 한 시간 반

"이 짐 좀 맡아 주세요"
내가 고개를 끄덕이기도 전에 그는 사라졌다

모르는 사람이 두고 간 가방을 내 복사뼈 옆으로 옮긴다
가방은 보기보다 무거웠다

터미널 뒤편에는 강이 있다
여기 오는 도중에 강둑길 걸으며 흙탕물을 보고 있었다
"조심해, 밖에서 보는 것보다 훨씬 깊어"
모르는 사람이 모르는 사람에게 말했다

이 오래된 성곽도시에서 나는 안다고 말할 만한 사람이
없다
탄식도 경탄도 아니다

쏟아지는 초여름 저녁을 사랑해서 어디든 갈 수 있을
것 같다
하지만 진짜 가고 싶은 곳으로 가는 직행버스가 없다

처음 보는 사람이 가방을 맡기고 갔다
내가 환승을 위해 기다리던 버스가 출발하려고 하는데

가방을 맡겨 놓은 사람은 오지 않는다
몹시도 야윈 그 사람이 무례하게도 나를 짐꾼 취급하
는 걸까
화를 내고 싶은데

여행 가방만 한 나를 세상에 맡겨 두고 찾아가지 않은
사람이 있었던 것 같아
비딱하게 쓰러진 짐을 일으켜 세운다

2부

첫눈은 매년 첫눈이 된다

매년 일어나는 일
아니 매일 발생하는 일
사람이 사람을 죽이는 일
아니 가족이 자기 혈육을 죽이는 일

목련빌라 옆에 신생아가 죽어 있었다
빌라 건물 사이 아스팔트 위에서 발견되었다

첫눈이 내린 밤에 누가 버린 것 같다고

벌거숭이로 발견된 아기는 얼음처럼 얼어 있었고 탯줄
도 달린 상태였다

내가 사는 연립주택에서 목련빌라까지는 도보로 10분
거리

나는 발꿈치 들고 빌라 안으로 들어갔다
그곳에는 아홉 개의 똑같은 철문이 있었다
어린 시절에 살던 곳과 흡사했다

친구들을 만나려고 마을버스를 탔다
함박눈이 내리고 있었다
빈 자리가 많았다
버스가 내리막길에 섰다

누추하게 젖은 사람이 천 원을 들고 버스에 올랐다
운전기사가 승차를 거부했다
그는 마스크가 없었다

그는 왜 정류장 옆 편의점에서 마스크를 사지 않았을까
그는 왜 눈길을 저렇게 걸어 내려갈까

내 가방 안에는 새 마스크 한 장이 있는데
나는 왜 그것을 얼른 꺼내어 그에게 주지 못했을까

마을버스 뒷자리에는 어린 시절의 내가 앉아서
새엄마한테 꾸지람 들으며 울고 있다
팔목에 푸른 멍이 있다

버스 창문 너머로 하늘을 바라본다
목을 비틀어야 보이는 게 있다

정확한 동기를 탐문하는 일
모두 극구 부인하며 모른다고 하는 일
꼬리에 꼬리를 무는
아니 토막토막 잘린

희대의
극적이지 않은
첫눈이 매년 내린다

좋아하는 일

새로 이사한 동네에는 외국인 노동자들이 많이 산다
막다른 골목에 우르르 모여 모르는 말로 떠든다

성저로 부동산에서 나처럼 방을 구하러 온 칭기스를
만났다
그는 이크 자사그 대학을 졸업했다

칭기스는 공사장 인부로 일한다
파이프와 줄 하나에 의지하여 높은 곳으로 올라간다

그가 나무타기를 좋아했는지 나는 알지 못한다
그는 그의 아버지가 지어 준 왕의 이름으로 말한다

"나에게 밥 좀 주세요"

"오늘이 마지막 날이야" 식당 아주머니가 일요일에 폐업
한다고 한다. 만약 그녀가 빵 가게를 차렸거나 꽃나무 좋
아해서 꽃 가게를 열었다면 계속 버틸 수 있었을까. 칭기
스가 여행을 좋아해서 여행가이드가 되었다면 나를 쳐다

보며 웃지 않았을까.

　나의 근로는 무엇인가

　좋아하는 것이 업무가 된 후로 나는 땅을 발로 찼다. 월세 싼 동네로 이사해야 했다. 이 동네 골목에는 눈이 녹지 않아 눈 옆에 눈이 있고 흙 옆에 흙더미가 있고 빈집 옆에 빈집들이 있다. 칭기스와 테무진 같은 몽골인 노동자들이 모여서 지하방과 반지하방에 산다. 이 골목은 별이 빛나던 초원에서 멀다.

　세계는 예술로서만 존재한다*고 적힌 노트에 입출금 내역을 기록한다. 돈을 좋아해서 은행원이 된 사람은 없겠지만 어두워져야 켜지는 가로등처럼 나는 돈을 밝힌다. 나는 은하수보다 돈을 사랑하는 사람이 되었다.

　땅투기꾼들은 본 적 없고 쓰레기 투기꾼투성이인 골목. 쓰레기 옆에는 쓰레기가 있고 나도 쓰레기 같다. 줄을 잘 서지 못한다. 품에 안은 것을 내려놓고 싶다. 벽 옆에 벽이 있다. 그쳤던 눈이 다시 내리고 담은 높아진다.

내일도 칭기스는 비계에 올라 금속판을 붙일 것이다. 판 옆에 판을 붙이면서 불현듯 판을 엎어버리고 싶은 심정을 가질지도 모른다. 나는 수평 맞추기를 좋아하지만

좋아하는 일을 하며 살 수 있는 땅은 발아래 없다. 그래서 인부들은 밤에도 사다리와 파이프 따위를 밟고 공중으로 올라갈까. 돌아갈 곳이 없어서 돌아보는 건 아니겠지. 표범 무늬 작은 고양이가 담에서 담을 건너 겨울로 사라진다.

* Friedrich Wilhelm Nietzsche.

멀고도 가까운 이사

1

지혜 데려가, 이제 그만 키울까 해. 심한 기침과 잦은 구토가 철거 중에 나온 먼지 때문인 줄 알았는데, 그게 아니었어. 지혜 데려가 줘, 심장사상충이래.

2

가구는 당근마켓으로 다 팔았어. 칸막이는 철거했어. 이젠 네 방과 내 방 사이 칸막이도 없는데, 우리는 영원히 멀어진 거니? 내가 에어컨이라면 너는 실외기라고 했잖아. 칸막이가 있어야 완성이라고 말했잖아. 범위를 모르겠어. 어디까지 손대야 할지.

3

임대인이 와서 벽의 못 자국들 가지고 시비 걸었어. 원래 흰색이었던 벽이 너무 더러워졌대. 아무래도 페인트칠을 해야겠어. 지혜가 임대인을 할퀴려고 하더라. 너는 임대인과 임차인을 항상 헷갈려 했지. 인생도 빌린 것 같다고 말했던 거 기억해?

4

폐기물이 많아졌어. 원상복구가 뭘까, 가능하긴 할까?
네가 데려온 지혜 데려가. 걔가 많이 아파. 커튼 뒤에 숨겨
놓았던 술병들도 쓰러뜨리고 창문 밖만 보곤 해.

5

나 좀 놓아줘. 사람들 눈엔 네가 안 보여. 보이지 않는
창살, 얼마나 더 질기고 투명해지려는 거니? 밀린 월세도
내가 다 냈어. 해가 지면 검푸른 한기를 포개 입고 죄수처
럼 떨고 있어.

6

우리들 창가에 있던 벚꽃들이 진 지 오래야. 허공에 수
직으로 떠 있는 저건 뭘까? 아직도 공중부양이 가능하다
고 믿어? 벌레 먹은 나뭇잎, 지혜가 좋아하는 닭가슴살
육포랑 흡사해. 거미줄에 걸린 낙엽을 통해 거미는 자기
존재를 증명하려는 걸까?

> 7

  네가 숨은 지 7일째야. 네가 설치해 놓은 기억에 걸려 버둥거리길 바라는 건 아니겠지? 곧 나도 떠나야 해. 내 심장에서 나가 줘.

흰은 색깔이 아니다

왜 흰 것이 좋아 보이는가

결백한
극도로 순수한
막막한

새하얀 캔버스가 주어졌다

세밀화를 그리는 시간

너는 연필을 놀려 손두부를 그리고 나는 눈을 돌려 먹
구름을 본다

우리가 가지 않아도 서둘러 어둠은 온다

까불더니 너는 순결을 잃었어
새엄마가 나를 비웃었다

순결은 잃고 자시고 하는 게 아니잖아요

> 흰 것에 끌리는 너와 검정을 좋아하는 나는 극단적이
지 않다
  그게 다는 아니니까

  빛이 없는 물에서 헤엄을 쳤다

똑같은 식물이 아니다

나는 언니 일을 거들고 있었다. 아무나 할 수 있는 일이었다. 도회지 외곽에 있는 작은 가게였다.

언니가 여행을 떠나 유적 사진 한 장 보내오지 않는 동안, 헌 음반을 사러 오는 사람은 드물었다.

"죽이지만 말아 줘!" 언니가 돌아올 때까지 돌봄을 부탁한 식물을 나는 만지지 않았다, 누가 나를 만지는 게 싫으니까.

식물에 물을 주면 흙에 먼지가 떠올랐다. 곰팡이 같기도 했다. 오디오 수납장 옆으로 화분을 옮겼다. 얼어죽으면 안 되니까.

줄기가 가늘고 긴, 잎이 지나치게 커다란 식물은 열대에 살았던 것 같았다. 징그러울 정도로 큰 잎 네 개가 찢어져 있었다.

가게 안의 생물체는 식물과 나뿐이었다. 저녁 해가 잔

불처럼 남은 동지(冬至)에 식물은 미미한 소리를 냈다. 묵묵한 친구처럼 조금 움직이는 기척도 냈다.

밤에 단골손님이 왔지만, 그는 음반을 꺼내 보며 소리를 내지 않고 입술만 움직였다. 가게 앞에 세워 둔 자신의 트럭 운전석으로 가서 뭔가 먹었다. 종이에 싼 빵을 나한테 주고 갔다.

마지막 눈이 왔다. 오후에 출근해 보니 식물이 죽어 있었다. 마치 태어났고 평범하게 성장했고 온순했으며 살해당한 소녀 같았다.

똑같은 식물을 사서 화분에 심어 두기로 했다, 아무도 모르게. 식물이 죽고 나서야 나는 그 식물의 이름을 알게 되었다. 뿌리째 뽑아서 자루에 담아 천변 화원에 가져갔다.

내 머리 위로 황사가 꽃가루처럼 내려앉았다. "네가 몬스테리아니?" 작별 인사를 할 때마다 나는 문을 닫아 걸었다.

마그마

돌을 쥐고 너에게 간다

야구공 절반만 한 돌을 쥐고 너에게 간다

이것은 식은 돌이다
지하 깊은 곳에서 분출했다

가장 뜨거웠던 시절에
나는 사람을 향해 돌을 던졌다

그때는 적도 의협심도 있었다
평화와 시위가 결합될 수 있다는 걸 몰랐다

방패와 헬멧 뒤에 숨은 내 또래의
사람이 표적은 아니었지만

학교 보도블록을 깨뜨려
교문 앞으로 가지고 갔다

이제는 분화할 위험성 없는
화산 아래 광치기
해변가를 걷다가

거무스레하고 구멍 많아
이상하고 아름다운
돌 하나를 주웠다

같이 싸웠던 네게 보여 주러 간다

조감도

  건물 주인이 나를 집 앞에 내려 주고 갔다 외딴곳 농가
다 개 두 마리를 돌보며 산책시키는 조건으로 무료로 이
집에서 14일째 살고 있다 사료가 개들 주식이고 냉동 만
두가 내 주식이다 개털이 마당에 수북하다 개들은 털갈이
중이다 나는 탈모 중이다 방에 떨어진 머리칼을 줍는 게
힘들었는데 오늘 아침 침대 밑에서 돌돌이를 발견했다 네
시간 후에 주인이 나를 터미널에 태워 주러 올 텐데 미리
돌돌이를 찾았다면 편리했을 텐데 나는 남은 만두를 먹으
며 생각한다

  카트만두에 있는 게스트하우스에서 보름 동안 살았다
그땐 옆방에 사람이 살았다 그 일본인은 요양하러 왔다고
했다 병이 나으면 혼자 포카라를 거쳐 히말라야에 갈 거
라며 헤드램프를 보여 줬다 난 그가 그 빛을 켤 가망 없어
보였다 거기서 나는 만두 말고 빵을 주식으로 했다 해가
지면 빵 가게까지 걸어가는 게 매일 나의 산책이었다 목
줄 두 개 잡고 염소 사육장 비닐하우스 폐가 작은 저수지
를 지나 공동묘지 앞까지 다녀오는 매일의 개 산책길보다
멀었다 개들은 왜 중간에 돌아가지 않으려고 용쓰는지 모

르겠다 꼭 묘지 앞에서 똥 누는 습관을 가진 개의 고집을
꺾을 수 없다

　아무튼 그 빵 가게는 늦은 저녁에 남은 빵을 할인해서
팔았다 거리 곳곳에 무장군인들과 탱크가 있었다 나는 골
목을 택해 두려움을 안고 걸으며 요양이든 보양이든 될 리
없다고 생각했다 카투만두에서 바라나시로 떠나기 전날
밤에 옆방 사람이 빵 가게로 가는 지름길을 알려줬다 왜
좀더 일찍 안 알려 줬어? 내가 짜증내자 그는 머리를 긁다
가 머리칼을 뽑았다 그에게 발모벽까지 있는 줄 몰랐다

　다시 그곳에 간다고 해도 나는 지름길을 찾지 못할 것
이다
　다시 또 이 집에 온다 해도 돌돌이와 밀대를 발견하지
못할 것이다 파리채도 어디 있을 것 같긴 한데
　그리하여 내가 다시 태어나 두 번째 생을 살게 된다 해
도 지금보다 썩 낫지도 않을 것이다

패터슨에게

 # M7154

무료하고 특별하지 않은 일상이었지 교하 가는 길이었
어 4월이었어 놀랐어 당신이 뺨을 때렸지 자기 뺨을 연달
아 세 대나 오수를 쫓으려고 그런 거 같더라

창밖으로 지나가는 벚나무 가로수들 왜 저리 수피가
검을까 했어 하얀 벚꽃을 피우느라 너무 용을 써서 시꺼
멓게 속이 탄 것 같더라

나는 너의 하품을 따라했지 네 하품이 내게 전염되는
게 좋았어

 # 472

광화문 광장을 지나갈 수 없었네 시위 중이었거든 너
는 매번 정차했던 버스 정류장에 멈추지 않았어 너는 언
제나 똑같았던 노선을 이탈해야 했지 갑자기 다른 길로
달려야 했어

기사님, 기분이 좋아 보여요 네 바로 뒤에 앉아 있던 내
가 말했지 네가 거울로 나를 보았어 누런 이 숨기지 않고
소리 내지 않고 크게 웃더라 그럼요, 다른 길로 가니 재밌
네요 해방된 거 같습니다

나의 이방인 2

개업하던 날엔 손님들로 북적였다
지나치게 많은 화환 때문에 식당 내부가 보이지 않았다

"엄청나다! 저 가게 사장은 뭐 하던 사람일까? 친구랑
지인들이 무지무지 많나 봐."

너는 혼잣말을 내뱉었다
너는 유일하게 내가 혐오할 수 있는 자
메뉴 하나 고르는 데도 우리는 갈등하며
착각에 사로잡혀서 싸운다

내 평생 소원은 나를 미워하지 않는 친구 한 명 갖는 것

사나흘 지난 오늘
저녁 시간인데 식육식당엔 주인 내외뿐이다

시든 화환을 보며 우리에게 지인은 많아도 친구가 없었
음을 문득 깨달을 때
손바닥으로 얼굴을 가리고 흐느끼고 싶을 때

＞ "동행이 오면 주문하시겠어요?"
물휴지를 놓으며 주인이 묻는다

동행이 있었던가? 적이 아니면 모두 다 친구라고
너는 그렇게 믿었던 때가 있었다

"아뇨, 혼자 돼지고기 2인분 먹을게요."

이 저녁은 예전에 본 장면 같다 낙엽은 왜 핏빛이며 고
기는 왜 낙엽살인가
묵직한 안개가 내리깔린 거리를 바라본다

지금 너는 내 앞에 털썩 앉는다
너는 선글라스를 꼈고 밑단이 너덜너덜한 코트를 입고
있다

"연일 악천후야. 기아 상태로 쓰러질 때까지 나를 방치
하는 줄 알았어."
"맙소사, 어딜 그리 쏘다녀?"

우리의 대화는 거의 늘 이런 식이다
너는 태만하고 변덕스러운 인물로서
내가 혼자 먹는 밥이 서글프지 않을 때 튀어나온다

아버지 장례식장에서 후회하며 밥을 먹은 너
물끄러미 나를 보며 부끄러움을 느끼는 너
거절 못하는 나 대신 분노하는 너
너는 유리를 깨뜨려야 꺼낼 수 있는 영정 사진 속 얼굴
같다

어느 날 내 육체가 사라져도 너는 공기처럼 떠돌 거라
고 믿지
세탁소에서 찾아온 옷의 비닐처럼 나를 뒤집어쓴 채

"남은 거 좀 싸 가도 될까요?"

어금니가 한 개 없고 잇몸도 나쁘다
나는 혼자 충분히 늙었다
이렇게 살다가 고독사할 게 자명해

탄식을 주워섬기는 너는 내 안의 방랑자
우리는 불화한다

이따금 내가 내린 다음 정류장에서
길을 잃곤 하는 너
너는 나보다 어리석고 순진하지

죽을 때까지 나를 감시하겠지만
누구보다 나를 잘 모르는

너를 사랑한다고 노래하게 되면
더 멀어지지 않을까

이봐, 불가사의한 투명 인간

내게도 절친이 있다고
텅 빈 의자 위의 네가
나였음을 증명할 수 있을까

심 수색 일지

심은 차가운 불의 성질을 지녔다 심은 일렁인다 심의 크기는 가변적이며 그 형태가 정확하지 않다 비교적 오랜 시간 동안 생명체의 물질대사와 사유에 직접적으로 관계하는 것으로 알려져 있다

심이 없으면 촛불을 켤 수 없고 연필도 쓸 수 없다 두루마리 휴지도 풀리지 않는다 나는 깨물던 사과 심지를 성냥처럼 들고 지하로 내려갔다 심을 베어 물지 않는다

거액을 준다고 해도 마음 없는 일은 하기 싫었다

오늘은 말할 때마다 거품 무는 사람을 만났는데 그가 셀카 찍는데 나를 찍는 줄 알았던 것처럼 그가 거품 무는 것을 오해했다 나는 심이 그의 거품 같은 것이라고 생각했다 말하지 않으면 발생하지 않는 것 거품소변같이 몸의 어떤 신호일 수 있다

그리하여 심은 언어에서 분비되어 혈액을 통해 생물체 내부에서 움직인다 심이 심장 가까이 왔을 때 가슴이 철

렁하면 심은 순간적으로 신체에서 이탈한다

  심의 외부 주요 이동 경로는 물이 흐르는 방향 하늘에
서 비와 눈이 내리는 것처럼 심이 떨어진다 인간의 투신
자살률이 높은 이유다

  심은 강물처럼 흐르지만 심이 심해에 잠기는 경우는 거
의 없다 공기가 통하는 투명한 봉지 안의 맑은 물처럼 찰
랑거리는 심은 매우 가볍다 심에서 그 액체가 다 빠져나
갔을 때 심은 지리산보다 무거워진다

  칼바위 뒤에 두고 온 배낭 안에 나의 심이 있었다 말랑
말랑하고 투명한 어항 모양으로 텅 빈 심은 꿈쩍하지 않
았다 완전히 비어서 너무 버겁고 무거운 심을 나는 두고
왔다 사랑하는 이를 멀리 보내는 이유를 알 것 같았다

  심이 없어서 한 계절 무난했다 음악을 아는 이의 무언
가(無言歌)처럼 심란함은 심의 장난이었나 내가 심 없이
살 수 있는 기간은 전혀 먹지 않고도 버틸 수 있는 동안

이었다

　나는 심을 달래러 가지 않아도 되었다 허기와 외로움이
바닥날 때쯤 말과 함께 심이 돌아왔다 심은 불타지도 얼
어붙지도 않았다 심은 눈이 밝아서 수천 개의 병상 중에
나의 간이침대를 찾아낸다 심은 무심할 때 날아온다

　나는 심에 집착하며 오래 탐구해 왔지만 알아볼수록
알 수 없다 타인의 심이 무심코 내 심장에 박혔다는 심령
학자의 방문을 기다리고 있다 번거로운 걸 나는 좋아한다

시험 범위

작가 두 사람과 천변 산책했다 한 명은 소설가 다른 한
명은 평론가 홍제폭포 위로 달이 떠 있었다 며칠 후에 저
달이 만월 될까요 소설가가 알아맞혀 보자고 했다 둘은
현직 중학교 교사이기도 해서 문제 내기를 좋아하시나 그
녀는 10일 후라고 했고 평론가는 3일 후라고 했다 나는
갸우뚱했다 아마도 6일 후에 보름달이 되지 않을까요 문
제를 낸 작가가 휴대폰으로 검색했다 역시 시인은 다르군
요 어떻게 딱 맞히세요 나는 평소에 자주 달을 안 보며
예전부터 시험 범위에 안 들어가는 걸 잘 맞힌다고 했다

작품보다 재밌는 분이시네 시가 심각하고 우울해서 그
런 줄 알았어요 평론가의 말에 이어 소설가가 말했다 요
즘 얼굴이 피었어요 좋은 일 있으신가 봐요 트라우마로
인해 둔갑했다는 사실을 나는 삼킨다 오 신이시여 왜 나
에게 풀지도 못할 시험에 들게 하시나이까 신이 있다면 괴
상한 악취미의 선생이다 범위도 안 가르쳐주고 예고도 없
이 문항을 출제해서 골탕 먹이며 죽을 맛에 허덕이게 한
다 천벌인가요 당신은 풀 수 있어요? 나는 평소 하듯이
어림짐작 답을 찍는 실력으로는 박살날 것 같다

풀은 노래한다

구월이다 너는 공공기관 정원을 소요한다 너는 공공기
관 정원 북쪽 담 가까이 나무 의자에 앉는다 너는 손바닥
으로 이마를 받친 채 공공기관에서 발행하는 정기간행물
을 읽는다 너는 자부심을 느끼는가 오늘처럼 외부인 출입
이 금지된 주말에 네가 이 널찍한 정원을 자유로이 누릴
수 있음에

그것이 관문을 통과한 자 벽을 넘은 자의 자격이라고
생각하는가 자격지심은 아닌가 바람이 반원을 그리자 능
소화 두 송이 네 발치에 떨어진다 바깥에서 담을 넘어와
피었다가 잔바람에 모가지째 생생하게 추락하는 주황빛
담을 넘는 건 능소화의 실력이었나 실수였는가 자질이자
과시였던가

주말을 이용해 인부들이 정원 벌초 작업을 시작한다
너는 손바닥으로 귀를 막지만 제초기 돌아가는 소리는 점
점 커진다 지긋지긋했던 여름을 잘라내려는 듯이 순식간
에 풀들이 베어진다 천벌 받아도 싼 존재의 목을 자르는
듯 간단하다 잘려나가는 풀이 내뿜는 냄새는 풀 향기가

아니다 매캐하며 비릿한 냄새가 정원에 자욱하다

　풀이 내지르는 촘촘한 비명을 너는 듣지 않는다 풀이
잘리며 흘리는 퍼런 물을 보지 않는다 만발한 상사화와
메리골드를 용케 피하고 귀한 야생화들을 보호하며 돌아
가는 제초기의 소음이 끝나기를 기다린다 모든 풀은 자르
거나 뽑아 죽여야 하나 너는 잡초 같다는 얘길 듣곤 했다
애지중지하는 화초와 나무에게 피해만 끼치는

　이제 너는 무성했던 날들을 잊었다 너는 풀빛으로 노
래하지 않는다 인부가 떠난 어둑해진 정원 풀이 사라지자
화단은 축축하게 드러난 흑갈색 흙 천지다 민첩하게 까치
가 날아와 흙 속의 벌레를 쪼아 먹는다 난데없이 날아온
다른 새들도 숨을 데가 없어진 지렁이를 쫀다 너는 치워
놓은 덤불 같다 애벌레와 사마귀처럼 밤의 공공기관 정원
에 있다

애프터눈 티

가을 오후 네 시는 심란하고 황량한 벌판 같다. 가을 오후 네 시는 문상 가기 좋은 시간, 산 사람을 만나기에는 어중간한 시간. 가을 오후 네 시에는 맨발로 봐도 괜찮은 친구를 만나고 싶다.

우리집에 올래? 나랑 차 한잔하러 와 줄 수 있겠어? 잼과 스콘, 포도도 많아.

3단 트레이 맨 아래층에 유년 시절 사진, 디저트를 놓곤 하는 위층에 최근 사진을 두는 신파적인 짓은 안 하겠어. 노릇하게 구운 따뜻한 빵을 주문해야지. 무슨 음악을 틀어 놓을까? 리듬 앤 블루스로 결정했다.

아마도 나는 느슨한 순면 원피스를 입고 있을 것이다. 지금 입고 있는 옷처럼 닳고 닳아서 더 옅어진 크림색으로, 더없이 편한 옷차림으로, 누구나 쉽게 벗길 수 있게.

나는 침대에 누워 있을 가능성이 크다. 친구가 현관 가까이 오는 소리가 들리면 천천히 몸을 일으키겠지. 놀랄

만큼 환히 웃으며 그를 맞이할 것이다.

아르헨티나 시인 알폰시나 스토르니는 바다를 사랑해서 죽기 전날 바닷가로 갔다던데, 난 그렇게까지는 할 수 없겠지.

읽던 페이지를 펼쳐 둔 채, 소박하지만 누추하지 않게

디너파티보다는 티타임으로 서늘한 가을 오후 네 시부터 다섯 시 반까지

끝인사 사양하고 가볍게 포옹하리라.

내 친구는 잦은 헤어짐에도 도무지 적응이 안 되는 사람, 다섯 명 안쪽이면 족하겠다. 그들이 어떤 인사말을 해야 할지 고민하지 않도록 춤을 신청해야지.

나는 그 가을에 마실 감미로운 차와 가을 오후 네다섯 시에 어울릴 만한, 알앤비나 소울을 신중하게 고르는 즐거

움을 안다. 인생은 블루스와 소울 사이의 망설임이었다고 내가 농담하면 웃어 주길.

마지막 헤어짐이 마지막 만남이 되겠지. 무지무지 평범한 오후, 흐리고 서늘한 날을 선택할 수 있으면 좋겠다.

3부

즐거운 사람에게 봄날이 오면*

즐거운 사람에게 봄날이 오면

날아다니는 불꽃은 좋겠다.

불더미에 무너져 내릴 듯

폭풍 속에 작열하는 지붕들은 좋겠다.

화염에 휩싸여

주저앉게 되는 벽은 좋겠다.

대지는 좋겠다.

그런 폐허의 해변마을을 내려다보는

먼 우주의 별들은 좋겠다.

즐거운 도시를 지난 즐거운 사람은

잿더미 위에 있겠다.

어깨를 움츠린 채 바다를 바라보고 있겠다.

전소되어 버린 집들을 보겠다.

만질 수 없는 벽 앞에 있겠다.

가슴까지 재 속에 묻혀 있겠다.

하늘은 더 어둡고, 파도는 퍽퍽 부딪히고,

반짝이던 마을의 불빛도 불구덩이에

지워지고, 지나온 길마저 어둠 속에 묻히고,

＞ 먼 우주의 별들도

잿더미에

묻히고.

즐거운 사람은 점점 더 재 속에 빠지고

가슴까지 빠지고

어깨까지, 머리까지 빠지고.

아주 먼 우주의 봄날 별들은 좋겠다.

밤은 좋겠다.

점점 더 재 속에 파묻히는 즐거운 사람을 가진

> 흙은 좋겠다.

형체 없는 집을 가진 땅은 좋겠다.

아무도 오지 않아 고요한 집터는 좋겠다.

더 많은 생명체를 품을 수 있는 대지는 좋겠다.

식물은 좋겠다.

무리 짓는 개미들은 좋겠다.

파묻힌 사람을 가진 지렁이, 땅강아지, 두더지는 좋겠다.

걸릴 데 없는 바람은 좋겠다.

즐거운 사람에게 봄날이 오면

대형산불이 휩쓴, 허허벌판의,

따뜻한, 그 누구의 눈에도 보이지 않는,

안타까운, 밤새워 파도 소리만 철썩대는, 간절한,

잿더미도 다 날아가 버린,

저 먼 우주까지, 아무도 없는,

봄날이 오면.

* 박상순의 시 「즐거운 사람에게 겨울이 오면」을 오마주했음을 밝힙니다.

우유부단

과월호를 본다
지난 일들 물밀려든다
섬의 고립성이 지켜지길 바란다

강풍 대신 폭풍우 몰아쳤다면
그을린 물건이라도 남았을 텐데

모든 약은 부작용이 있다
이처럼 단호한 문장이 싫다
쓴 분말처럼 싫지만 써야 할 때가 있다

연청록색 볼록한 타원형 캡슐 말고도
내가 삼키는 알약들은
새의 눈동자차럼 반짝거린다

나의 미적 범주는 차가운 물에 녹는다
추하다 미추와
우연과 필연은 우양산 같다

얼리버드 티켓도 비싸다
볕이 나도 도서전에 가지 않을 것이다

모르는 사람이 내게 책을 보내고 싶다고 했지만
주소가 남아 있지만
수신자는 없다

순식간에 집은 재가 되었다
가문 봄날이었다
섬이 보이는 집이었는데

나는 인정해야 한다
구할 수 없었다
안정감이 필요하다

초봄 대피소

마을 사람들이 대피소에 모였다

초봄 철창 너머로 바다가 보였다
대형 풍력 발전기도

돌아가고 싶은 시절이 있냐고 물었으나
돌아보면 뭐하냐는 답변과 헛웃음뿐

바람 부는 언덕 절벽에
불탄 집을 두고 피신한 이들
대부분이 노인

지금이 가장 불행한 시절일 것도 같은데
남은 날들이 별로 길 것 같지 않은데

슬픈 농담인지
고맙다
행복하다고 한다

살아남은 목숨들은
생에 깊이 사무친다

속절없이
사랑한다

여름 야유회 준비

아침 일찍 문 연 가게에서 수박을 고른다 여긴 비가 안 오니까

내게 할당된 건 수박 한 통, 같은 크기라면 더 무거운 것이 좋다 이왕이면 줄무늬가 짙고 균형 잡힌 모양일수록 맛있는 수박이라고 했다

수박을 안고 승합차를 기다린다 수박을 내려놓고 학원 승합차를 기다린다 수은주가 사십 도를 넘었을 것 같다

우리는 음료처럼 소비될 노래 작사법을 배운다 가자지구에 억류 중인 이스라엘 인질이나 초강진 쓰나미에 침수된 항구도시나 거대한 화산재 기둥에 관해 쓰지 않는다

잘 아는 것을 쓰고 누구나 이해할 만한 이야기와 구체적인 묘사를 넣으며 최대한 가수의 요구사항에 맞추라고 선생이 곡을 주며 강의했다 구주 간의 서정적 강의였다 우리는 표면이 매끈하고 둥글둥글하고 속을 알기 어려운 사람들이라고 서로에 대해 생각한다

> 우리 중 아무도 작사가가 되지 못했지만, 고급반으로 올라가면 무제한으로 곡을 받을 수 있다고 선생이 말했으니까

나는 전쟁을 생각하지 않았다 나는 폭우와 산사태로 피해 본 지역을 지나서 도착할 야영지를 그려 본다 시원한 계곡물에 담가 놓을 수박을 두드려 본다 아무 소리도 나지 않는다

그때보다 지금이 나은지

그래요. 잠든 아이를 두고 외출했습니다. 아이를 위해 선풍기 틀어 놓고 손 닿는 곳에 먹을 것도 놔뒀어요.

이런 폭염에 열대야에 두 살 먹은 애를 원룸에 혼자 두고 사흘씩이나 혼자 어딜 갔어?

친구 만나러요.

무슨 친구를 사흘씩이나 만나? 엄마가 돼 가지고 애 걱정은 안 했어?

애 키우기 너무 힘들고 갑갑했는데 친구가 피씨방에 가자고 해서. 시간이 그렇게나 간 줄 몰랐습니다.

남편은 없어? 애를 맡길 데는?

저번에 남편이 애를 창문 밖으로 던지려고 했는데 제가 겨우 말렸어요. 남편은 절도범으로 교도소에 있어요. 잠시라도 애를 봐줄 사람은 전혀 없습니다.

> 마지막 힘을 쥐어짜며 변기로 기어가자마자 저는 변기
에서 아기를 낳았습니다. 저는 아주 혼란스러웠고, 고용인
의 그 화장실엔 눈송이가 들어와 몹시 추웠습니다. 저는
아이를 들어 올릴 힘도 없었습니다.*

나는 가만히 있어도 역사가 진보한다고 믿은 적 있다.

주민이 신고하지 않았으면 당신 아이는 죽었을 거야. 애
엄마가 무책임하게 혼자 어딜 나다녀!

* 베르톨트 브레히트(1898-1956), 「마리 파라어의 영아 살해」 부분.

재에 몸을 묻고

오래된 촛대를 들고 나는 다락방에서 내려왔다 석판이
깔린 긴 복도는 차고 적막하다 설탕공장에서 나오는 희붐
한 연기가 저녁 거리에 가득하다 오십 년 우정을 나누었
던 두 사람이 서로를 못 알아보는 것까지 닮았고 음악 들
으며 잠드는 습관까지 같다고 한다 눈을 깜박하는 사이
오십 년이 지났다고 한다 이 슬픔이 전부일까 두 사람은
우물거리며 내게 길을 보여주었다 나는 따라가지 않았다

봄날 정경

1

불타는 숲
불길이 치솟는 마을

나는 잊을 것이다
잊어야 한다
잊을 수 있다

불타는 숲
연기가 치솟는 마을

재가 된 구름은 엉겨 붙지 않는다

사람들의 불 연관 비유에
나는 문제를 느끼지만
체액이 끓어오르거나 그러진 않는다

체험하지 않은 자들의 가소로운 엄살

아름다운 무신경

불타는 숲
연기가 치솟는 마을
타죽은 사람들

나는 삶을
각오하지 않는다

2

　이곳에는 먹지 말아야지 하면서 먹는 사람이 없다 자
지 말아야지 하면서 자는 사람도 없다 매순간이 살을 썰
어 가는 것 같다 중학교 강당 바닥에 그레이 컬러 캠핑용
야외 매트를 쭉 깔고 누운 사람들 나는 피크닉 왔다는 상
상에 실패한다 배를 깔고 쓰지 말아야지 하면서 쓰지 말
아야지 하면서 쓴다 쓰고 삶으로써 빠져나갈 수 있다는

착각마저 없으면서

이틀 밤을 새우면 쓰기를 멈출 수 있다

자고 일어나니 천막이 세워지고 있었다 입체적인

나는 내가 겪은 걸 토대로 언어의 텐트를 친다 나는 안 겪은 걸 못 쓴다 바로 지금을 쓰는 버릇 타인들이 싫어하든 지겨워하든 나는 별로 돌려서 말하지 않는다 너무 현실이라서 믿기 어려워하지

나는 씻지 않는다
기분을 갈아입지 않는다

보건소에서 나온 사람들이 건강 체크 심리 진단 해 준다며 줄 서라고 했다 후회나 책임감도 병이라고 하겠지

3

　수면유도제 먹고 잤다 할머니가 내 손가락 두 개 따고 배를 만져 주었다 체한 저녁이 내려갔다 할머니는 젊었을 때 무당이었다 여러 날 물고기 못 잡던 어부의 청에 굿을 하면 뱃길이 내려앉을 듯 만선으로 돌아왔다고 했다 보름 전이었다 동네에서 나랑 말이 제일 잘 통했던 할머니 정갈했던 마루 미래를 내다보던 할머니는 불타는 집에서 빠져나오지 못했다

　꿈길에서 나오니
　옷이 있었다
　이웃은 이 옷들을 나 대신 받아서 머리맡에 갖다 놓았다

　브레지어와 팬티, 겉옷 세 개
　다 안 맞다 나는 보기보다 큰 사람인데

　운동장에서 진행된 이재민 의류 배부가 끝났다고 했다
　털실 옷을 입고 봄바다 넘실거리는 나의 절벽을 향해

갔다
　언덕은 비비는 곳 절벽은 불타는 곳
　바다는 비빌 언덕이 없어 스스로 파도를 만들겠지

　가도 가도 길 막는 표지판
　끝없이 산불 재해 구역
　타들어 가는 해마저 저주하다가
　넘어져 울었다

　내일은 모두 산고개 넘어 임시주거지로 옮길 것이다 짐
이 많다 이곳에서 나는 가장 젊고 건강한 사람 축에 속한
다 멀지 않은 후일의 내가 보인다 먼지 자욱한 귀퉁이에
서서 내가 부축해야 할 노인들을 회피한다

　임시로 음악을 듣고 임시로 밥을 먹는다 빨래도 널 것
이다 임시로 별이 뜨고 지겠지 그곳에 무허가 총기 소지
자는 없을 것이다 평생은 임시적이라 죽은 듯이 잘 수 있
겠다

오지의 건축물

　군대 막사 같죠 어쩌면 후방에 설치된 야전병원처럼 보일 거예요 요즘 나는 건축물이 땅과 어떻게 관계를 맺는지 공부하고 있어요 지면 위에 놓인 이 작은 조립식 주택이 나의 집입니다 아직 주소는 없어요

　읍에서 나온 공무원들이 쌀부대를 가져다주었습니다 참치캔과 김도 있네요 나는 손이 떨려서 쌀을 쏟았지 뭐예요 움푹하게 뚫린 마음 사이로 사근사근한 번민이 날벌레로 올라와요

　신이 나를 사랑해서 나를 이재민으로 만들어 주고 가설 건축물에 살게도 해 주시네요 시에 쓸 얘기가 쌀처럼 떨어질까 봐 파란만장 상상 초월 상황도 주시고요 나는 요즘 사람이 사람과 어떻게 이어지며 관계를 맺는지 공부하고 있어요

　폐사지 같은 움푹한 공터에 똑같은 열두 동의 조립식 주택 중에 맨 마지막 집이 제 집입니다 나는 이따금 땅에 누워 하늘을 보죠 별자리를 점치고 내일 날씨를 예보하

는 업무를 맡은 사람처럼 큰 장마가 오면 주택들이 물에
휩쓸릴지도 몰라요

　내일 걱정으로 오늘을 그르치지는 않겠어요 동떨어진
곳에 친애하는 잔인한 신이 있나요 범우주적인 게 뭘까요
나는 하늘을 보며 절벽에 둔 집터 생각을 하고 잿더미와
폐기물로 남은 생활을 걱정합니다

불탄 집 아래

무너진 지붕
부서진 벽

(곧장 너는 웃는다)

나는 뒤적거린다
겹겹의 잿더미를

몸을 구부린다
작대기 들고
매케한
냄새

(너는 대지로서 곧장 웃고 계속해서 웃는다)

남아 있지 않다
쇠붙이 한 조각도
유리그릇 파편조차

그을릴 새도 없이 불타올라
산산이 부서진 세계

한때 나의 피난처였던
해안 낭떠러지 끝 집

(이제 너는 표면을 드러낸다
베개로 눌려졌던 얼굴처럼 헐떡거리며
숨을 내쉰다)

멀리 작대기를 내던지고
바닥을 치는 나

(입체적인 육각형의 감정을 지닌
가이아로서의 너는 괄목한다
너를 짓누르던 무허가 집이 전소되었으니
너는 홀가분하겠구나
억누를 수 없는 환희에
네 마음대로 푸르게 약진하겠지)

타인의 파멸에 상대적으로 쾌감을 느끼는 사람을 쳐다
보듯
　나는 땅을 치며 말했다
　그때 땅이 꿈틀거리며 마구 웃었기에
　하려던 말을 괄호 안에 묶었다

　그러나

　땅(대지, 가이아)은
　집이 불타서 좋기만 할까
　나를 비웃고 싶었을까

　확실하다
　땅은 말하지 않았다

　잿더미 속을 뒹굴며 나는
　미쳐 가며
　아무도 하지 않은 말을
　했다고 우긴다

지레짐작한다

아무도 미워하지 않고 한 계절이 지나갔다

아무도 미워하지 않고 한 계절이 지나갔다 아무에게도
알리지 않고 한 계절이 지나갔다 미움이 없어 분노가 없
어 관심과 눈치도 없이 봄이 지나갔다 지나고 보니 봄이었
다 올리브유로 비누 만들기만큼 쉽게 지나갔다

봄에 나는 죽어 있었고 내가 죽으면 애인은 어찌 살까
걱정하지 않았다 애인은 내가 죽기 전에 죽었으니까 나의
집은 황무지가 되었다 풀들이 불에 탔다 아무도 미워하지
않고 한 계절이 지나갔다 나는 벽돌만 한 비누를 집어 던
지지 않았다

자연은 좋겠다 폭풍이든 초대형 산불이든 지진이든 일
으켜도 자연을 벌하지 않으니까 대부분 인재 사람의 잘못
이라고 말하니까
아무도 미워하지 않고 한 계절이 지나갔다 아무도 미
워하지 않는다고 아무도 사랑하지 않는 건 아니었다 유학
가기 전엔 매일 다퉜던 동생을 사랑하게 되었다 동생이
공원 공중화장실에서 얼굴이 벌개가지고 울면서 나왔다

유머를 잃어버렸지만 나는 아무도 미워하지 않고 한 계
절을 보냈다 내 동생은 남자처럼 보이지만 여자다 키가 백
팔십이고 머리를 허리까지 길렀다 이렇게 설명해 봤자 그
아주머니는 남자가 왜 여자 화장실에 들어오냐고 소리쳤다

누구의 탓도 아니었다 내 탓이오라고 말하지 말라며
나는 동생을 다독였다 자연에는 암수 외에도 성이 있다
아무도 미워하지 않고 한 계절이 지나갔다 향기로웠다 봄
이었다

생활과 시

정작 집이 불타니 언어의 집이 사치 같았다 집이 불타고 나니 속이 없어졌다 뼈대도 지붕도 사라졌다 정작 갈아입을 속옷도 없어 시야가 환했다 집이 불타고 돈이 불타고 추억이 불탔지만 고령의 사람들은 이내 담담함을 찾은 듯했다 살아남은 것만으로도 감사해야지 불에 타 돌아가신 할머니의 옆집 할머니가 내 손을 잡고 말씀하셨다 어제는 봄이었다

봄이 불타니 겨울의 집이 불탔고 거실에 있던 시집도 불탔다 집에 묶이고 싶다 거실이란 무엇인가 난간과 행간이 있었던 거실에서 나는 살 만했다 타인의 자서전을 쓰고 있었지 전말을 정해 놓고 전말이란 무엇인가

친구들은 내게 말한다 힘내라고 극복할 수 있다고 하지만 친구여 삶은 극복할 수 있는 장르가 아닌 것 같네 덮쳐오는 불길을 무너지고 쏟아지는 흙더미를 갈라지는 자신의 복부를 마주한다면 배부른 소리 경이로운 미학적 세계나 창조하게나

4부

여자와 사는 여자

우천으로 경기 취소됐어 너는 말하며 웃음소리까지 냈
지 전화를 끊고 나는 실망했을 너처럼 시무룩해졌어 네가
애인과 야구장 가는 걸 얼마나 좋아하는지 아니까 며칠
전 내 안경 맞추고 네가 돈을 냈을 때처럼 속상했어 너는
말했지 네 속은 시금치니? 그리 쉽게 상하고 말고 하게 미
안하지만 나는 이만 가야겠어 네가 소방차 소리 나는 거
리에서 뛰어갈 때 나는 서운하지 않았어 너는 친구가 많
고 애인도 있지 그래서 다행이야 돈을 아껴 먼 도시까지
한 접시 요리 사 먹으러 가고 한 사람 때문에 이사하고 그
녀가 키우는 늙은 고양이를 사랑해서 지난달엔 네 월급보
다 많은 고양이 수술비를 냈지 무엇보다 나를 만나면 네
가 자꾸 먼저 돈을 내려는 점만 고친다면 자주 연락할게
네가 입원했을 땐 너 대신 내가 아프기를 기도했어 생일
선물은 됐고! 네가 웃으면 돼 건강하면 돼

넌 아직 재밌니

네 주인집 정원엔 올해도 붓꽃이 피어났니?

넌 아직 그 집 반지하에 사니?
물이 새던 그 방에
죽은 시계를 벽에 걸어 놓은 채

내가 쓰다 준 회색 소파에 앉아 골똘한 표정을 짓는지

내가 놀러 가자고 해도 안 나가고
누가 사귀자고 해도 안 만나고
그렇게 살아도 지겹지 않니?

너 아직 붓을 안 꺾었니?

나는 가끔 시를 쓰다가 우는데

그림이 거의 팔리지 않아도
전혀 알아주지 않아도
너는 네 인생에 만족하더라

＞ 공공연히 너를 끌어내리려는
사람들과 술을 마시다가
찌그러진 물감 옆에 물통을 쏟으면서도
너털웃음을 터뜨리더라

너는 화가라는 업이 짊어져야 하는 짐처럼 여겨지지 않
니?
그 작업이 놀이처럼 재밌니?

어떻게 하면 시 짓기가 다시 재밌어질까

내일 나는 마감해야 해서
네 전시회에 갈 수 있을지 모르겠어

마르게리따

유월의 첫 주말을 강가에서 보내려고 했어요. 가론 강변에 누운 사람들, 술 마시거나 음식을 먹는 사람들, 작은 악기를 연주하며 노래하는 사람들. 나는 앉을 자리 없어서 생피에르 광장에 서서 노을을 바라보다가 숙소로 돌아왔어요.

제가 묵는 숙소는 가론강과 가깝지만 건물에 막혀 강이 보이지는 않아요. 오늘 아침 일찍 일어나 강변으로 가는데 광장에서 한 사람과 마주쳤어요. 그가 나에게 담배를 구걸했죠. 아아, 그는 어젯밤 사람들이 먹다 남긴 음식을 먹으려는지 쓰레기통에 쌓인 상자들을 뒤지고 있었습니다.

그러니 먹어 봐요, 거꾸로 그가 내게 피자 한 조각을 건넵니다. 운 좋게 반 판이나 남은 피자 상자를 발견했다는 겁니다. 이미 비둘기가 파헤쳤는지 갈기갈기 찢어진 조각도 있네요. 나는 돌로 만든 벤치에 앉아 정면을 응시합니다. 돌난간에 가려져 강은 안 보여요.

저편 나무 아래 그가 가녀린 몸을 뉠 때, 자전거 탄 사람이 지나갈 뿐 광장은 고요합니다. 어제 저녁과 판이하네요. 지금 저 사람에게 필요한 건 가벼운 담요, 잠, 물 한 잔일까요. 물, 불, 흙, 공기를 만물의 근원이라고 고대 그리스 철학자들이 그랬다는데.

저 사람은 집시일까요? 나는 손을 들어 물끄러미 쳐다봅니다. 그가 거의 억지로 쥐어 준 마르게리따에 모짜렐라도 토마토도 없어요. 초록 바질, 하얀 치즈, 빨간 토마토, 이 세 가지 재료가 마르게리따를 구성하는 건데.

아아, 마르게리따, 사랑하는 사람과 처음 시도했던 저녁. 단순한 형식과 화덕이 필요합니다. 죽음의 푸가에 나오는 사람과 헷갈리고 일찍 죽은 소녀의 이름 같지만. 추억을 구성하는 것도 세 가지 자질.

반드시 손반죽해야 하는 이 피자처럼 내 삶의 두께도 내 손으로 만들어야 하기에, 만나기로 약속한 번역자와는 연락이 닿지 않는 걸까요. 오늘 아침이라는 이 이상하고 견고한 무늬는 몇 가지 우연의 빛으로 직조되었을까요.

폭우가 우울을 부르지 않을 때

활짝 창문 열어 놨는데
하필 창가 책상에 노트북 펼쳐 놓고 나왔는데

폭우 몰아쳤다 예보에도 없던 비가 퇴근길에

강사실에 있던 우산 두 개 중에
상태 안 좋은 걸 동료에게 빌려 주었다

노트북도 걱정이고
동료도 걱정된다

내가 왜 이러는지 모르겠다

지하철 안에서 포옹하고 입 맞추는 커플은
왜 저러는지

다시 껴안고는 등 너머로 나를
왜 빤히 보는지

진짜 약오른다

침수로 정차하지 않고 통과하는 역이
내가 내릴 역도 아닌데

내가 왜 이러는지 모르겠다
아, 정말 몰라?
손바닥에 종이를 놓고 적어 보니
내 기분이 우산처럼 돌려세워진다

'내가 왜 이러는지 모르겠다'
내가 달고 사는 이 문장
극단적 선택을 앞둔 사람들이
자주 쓰는 말이라고

동경 게스트하우스

나는 새벽 열차 타려고 어젯밤 일찍 누웠는데 첫차가
올 때까지 한숨도 못 잤다 머리맡에선 오이초절임 냄새가
났다

한 방에 침대가 열세 개 있었다 문 앞 침대에서 부스럭
거리던 노인이 말했다

"이봐, 여길 나가면 어디로 갈 건가?"
그는 꺼져 가는 눈빛으로 창밖을 보았다 가는 비가 곧
게 내리고 있었다 나는 그가 수많은 곳을 전전했으리라고
짐작했다

그리고 아무도 어디로 가는지 모른다고 생각했다

"이봐, 불쌍한 친구, 여기서 나가면 어디로 갈 거냐고 묻
지 않았나?"
"저는 갈 데가 있습니다."

선의의 거짓말을 하고 싶었던 나는 웃었다 나는 잘 살

고 있는 걸까요? 빗소리가 아니었으면 그의 가느다란 웃
음소리를 들을 수 있었을 텐데

　초파리가 많은 방이었다 아무도 일어나지 않았다 재작
년에 돌아가신 아버지가 문 앞에 누워 계셨다

상주의 지혜

폭우 내리던 밤,

아버지 장례식장에서 작은아버지가 화환을 눈여겨 세어 보셨다. 나를 돌아보았고 아무 말 없으셨다.

네 아버지가 너 자랑하며 대학 강의 나간다고 하던데, 네 아버지가 네 자랑하며 시인이라고 하던데, 시집도 한두 권 낸 게 아니라던데 무언중에 그렇게 말하는 것 같았다.

나는 장례식장에서 국을 마시고 대학 학과장한테 전화했다. 학과장이 그런 일은 조교한테 문의하라고 했다. 조교가 말하길 정교수, 부교수 부모상엔 학과에서 화환 보내지만 겸임교수나 강사 경우는 화환을 보내지 않는다고. 나는 학교를 그만두기로 결심했다.

내가 책을 낸 출판사가 적지 않은데, 어디서도 화환이 오지 않았다. 내가 출판사 편집자 누구한테도 알리지 않았기 때문이겠지.

내일 아침 열 시에 아버지 발인한다. 밤에 장례식장을 나와 반달 보며 서 있었다. 슬픔보다 고단함을 크게 느끼는 내가 한심했다. 작은아버지가 담배 피우고 있었다. 그는 나한테 소복이 잘 어울린다고 했다. 그리고

상주가 꽃 배달 업체에 적당한 화환을 주문하고 리본에 쓸 문구를 알려주는 방법도 있다고 했다. 다음에는 꼭 그러라고 했다. 비바람이 찼다.

송년

조화는 최대한 자연스럽게 만든다

생화 같은 장미 한 송이를 납골당 유리벽에 붙인다
안 지워지는 펜으로 쓴 엽서도 붙인다
나는 무릎 꿇고 책받침만 한 유리벽을 도배하는 사람
같다

아버지는 올봄에 돌아가셨고
어버지가 여기 계시지 않다는 것을 나는 알지만

연말이 다가오는데 아버지가 소나무 있는 곳까지 걸어
가셨다
삽을 들고 언 땅을 파헤쳐 깊이 내려가셨다

꿈에서 흐느끼면 잊히는 게 정상이라던데
간밤의 꿈이 생생한 까닭은 말씀을 못 들어드렸기 때문
일까

마주보는 자리는 비싸다

손이 잘 닿는 칸들은 분양료가 높다
나는 아버지를 납골당 맨 아래 모서리에 모셨다
빌라에 사실 땐 5층 꼭대기까지 걸어 오르내리시게 했
는데

새어머니는 편찮으시다
꼬박 4년 간병해 온 당신이 떠나자마자 만신이 아프다
고 하신다
사후에도 사랑은 증명할 수 없을 것이다

저녁눈이 내린다
때 이른 하강이다
무한히 아름다워서 인공눈 같다

사월

느티나무 보이는 창가다. 덩굴이 대문을 타고 퍼져 가며 꽃들을 피우고 있다. 흰 꽃을 피운 나무는 절에서 스님이 준 나무이고, 보라색 꽃을 피운 나무는 청천시장에서 사 온 나무라고 친구가 말한다. 둘 다 으름나무라고 한다. 빛깔들 그리 강렬하지 않다.

새벽에 우리는 벽난로에 불을 지폈다. 땔감이 된 참나무는 잘 탔다. 며칠 전까지 건너편 마당에 울창하게 서 있던 나무였다. 올여름 태풍 불고 비 많이 오면 쓰러질 거라고, 필경 쓰러지면서 집을 덮칠 거라며 건넛집 할머니가 자기 아들을 불러 베어 버리라고 시킨 것이다. 작년에도 재작년에도 그 할머니는 그렇게 말했다고 한다.

미연에 방지하려는 사람들의 마음을 나도 안다. 친구와 잘린 나무를 얻어오며, 예감은 경험에서 나오는 것인지 물어보려고 했다.

나는 벌레를 보는 병을 앓고 있다. 책의 페이지마다 벌레들이 쏟아졌다. 육 년 동안 해 오던 책방을 접고, 벽과

천장을 기어 다니다가 이곳에 왔다. 여기가 병원은 아니지만 아픈 사람들이 오곤 한다. 친구의 괴산 전원주택에는 사월 한 달 동안 네 번이나 방문객이 있었다. 암에 걸린 지인은 여기로 오다가 터미널에서 구토를 하며 쓰러졌다고 했다. 위궤양을 앓는 연극배우가 와서는 매일 머위를 따 먹었고, 낙태 수술하고 온 아가씨는 잠만 잤다고 한다. 마지막 방문객이 나다. 사월 마지막 날이다.

오솔길 따라 내려가면 후평 강이 나온다. 하지만 나는 방에서 무성한 나무를 본다. 나는 친구의 수첩에 나무 같은 친구로 기록되면 좋겠다. 나무뿌리는 나무의 키보다 열 배쯤 길다고 한다. 나는 꺾인 나무 같아서 지난 육 년의 기억을 지우려면 육십 년쯤 지나가야 할 것 같다.

오지 않을 시간의 물결이 으름장을 놓는다. 내 허벅지와 등줄기를 벌레들이 갉아 먹는다. 흙냄새 나는 곳에 쓰러져 나는 벌레들의 식량이 된 경험이 있었을까, 불탔을까. 강렬하지 않은 전생 같다.

비 온다는 일기예보로 지레 망쳐 버린 오늘의 산책,

농약 치는 사람들이 보인다. 아직 여름 배추 떡잎일 뿐
인데. 느티나무 뒤편 밭에서 일사분란하다. 그들은 트럭을
타고 흙먼지 일으키며 사라졌다.

가을하다

10월이 제일 좋아
이렇게 말하고 너는
사라졌다

너는 10월 외에는 아무것과도 닿고 싶지 않은지

내가 바다를 좋아해서 바닷가에 숨는 건 아닌데
잠수부도 올라오던데

네 답장을 기다리다가 나는
왜 하필 10월인지
네가 태어난 달인지
가을의 어원까지 찾아본다

달빛이 천금 같다
실낱 같은 초승달이 일찍 지기에
10월 밤은 온 힘으로 깜깜해진다

네게 보낸 이메일은 며칠 내내 읽지않음으로 표시된다

대놓고 전화나 문자를 하고 싶지는 않은데

10월에 나는 불안한 사람이 된다

10월에는 10월에 관한 시가 많고
8월에는 여름을 노래하는 시가 많고

나는 살고 싶은 달이 없어서
아무 날 아무 달이나 아무렇지 않은 게 아니다

제철 과일과 로컬 푸드를 사서 먹으면
나는 건강한 시를 쓰는 사람이 될까
좋은 시 건강한 시는 뭘까

희고 거대한 구름 덩어리가 해안선을 따라간다
모든 게 10과 연결된다
해안선은 1처럼 길죽하고 구름은 0처럼 무한하다
너는 저 불규칙한 형태를 사랑하는지

네가 10월 속으로 여행을 떠났다면 한달살이가 하루만

큼 짧겠지

　　바위 틈으로 밀려왔다 가는 파도처럼

　　제 열매 다 주고도 담담한 가을같이

너도 돌아오기를

10월을 많이 생각하면 10월을 좋아하게 된다

10월은 시월로 소리나는 탈락의 미덕을 갖고 있다

빌러비드

난로 위 주전자 물이 끓기 시작했다

딸이 도망 중에 적에게 붙잡혀 팔려갈 위기에 처해도
당신이 딸을 죽이지 않기를 바라요
가장 검은 눈의 사람이 말합니다

사랑이 임계점 넘으면 발작과 광기가 됩니까

칼을 내려놓으세요
당신의 빚 때문에 남은 가족이 고통 속에 살게 될까 봐
걱정되어도 가족을 죽이지 마세요

다리와 등, 머리, 눈, 손, 신장, 자궁 그리고 혀까지 망가뜨
려 놓았기 때문에* 당신 가족은 눈물조차 흘리지 못해요

오, 빌러비드, 진짜 사랑하는 이!
당신은 이렇게 탄식하죠

아버지, 산 사람은 살 수 있다고요

$>$ 퇴직하고 병든 당신은 간병에 힘겨워하는 엄마가 못마
땅했죠 엄마가 당신에게 투덜거린다고 칼로 찔렀죠

딸의 작업실이 불탔든 빚 때문에 붙들려 가든 재투성
이 살든 내버려두세요 당신의 지나친 우려 가장으로서의
책임감 운운하며

이리 온, 빌러비드, 사랑하는 내 딸아, 네 앞날이 너무
걱정스러우니 같이 가자

내가 네 소유인가요 엄마가 당신의 노예인가요
당신 혼자 떠나세요

나는 당신이 죽인 딸의 유령입니다 죽은 사람은 죽은
채 살죠 가장 검은 눈으로 다시 죽지는 못해요

도망치세요, 사랑하는 아버지

입동 무렵

폐쇄하고 싶었을 것이다
일 년 중 며칠이라도

문을
닫아걸고 싶었을 것이다
호수는

수면이 온통 문이라서
비가 오면 비를 받고
바람 불면 물결치기 바빴다
빵 부스러기나 쓰레기를 던져 넣어도 막을 수 없었다
첨벙첨벙 들어오는 사람들도 있었다
새와 구름과 측백나무까지
사방에서 투신하는 그것들을 사랑했다
단지 얼비치는 그림자인 줄 모르고
내부는 언제나 번잡했다

찬란했던 수런 군락도 다정했던 청둥오리떼도 한때였다

문득 호수는 고마웠을 것이다
몰아닥친 한파가

그날 밤 호수는 얼어붙었다
이튿날 폭설까지 쏟아져 호수는 새하얗게 뒤덮였다

바깥에서는 전혀 호수 내부가 보이지 않았을 때
호수는 투명하게 내면을 응시하는 듯했다

비로소 무문관이 되어
자기 안에 서식하는 침묵을 보았다
스스로 수질을 살폈고
시꺼매진 바닥에 기겁했다

그리고
기억나지 않는다

걸어왔다
너는

저만치 호수를 밟고

시가 다시 밀려오게 된 경위에 대하여

조강석(문학평론가)

1 어떻게 하면 시 짓기가 다시 재밌어질까…… 를 묻는 것에 관하여

"어떻게 하면 시 짓기가 다시 재밌어질까(「넌 아직 재밌니」)" 하고 묻고 있는 시인이 있다. 그는 이렇게도 말한다.

나는 내가 겪은 걸 토대로 언어의 텐트를 친다 나는 안 겪은 걸 못 쓴다 바로 지금을 쓰는 버릇 타인들이 싫어하든 지겨워하든 나는 별로 돌려서 말하지 않는다 너무 현실이라서 믿기 어려워하지

—「봄날 정경」에서

임의로, 혹은 지나치게 편의적으로 발췌한 것이긴 하지만 위의 언급들을 참조할 때 이 시인이 "겪은 걸 토대로" "별로 돌려서 말하지 않"고 "바로 지금을 쓰는 버릇"으로 "너무 현실이라서 믿기 어려"운 시를 써 왔음을 짐작할 수 있다. 물론,

형체 없는 집을 가진 땅은 좋겠다.

아무도 오지 않아 고요한 집터는 좋겠다.

더 많은 생명체를 품을 수 있는 대지는 좋겠다.

식물은 좋겠다.

무리 짓는 개미들은 좋겠다.

파묻힌 사람을 가진 지렁이, 땅강아지, 두더지는 좋겠다.

걸릴 데 없는 바람은 좋겠다.

즐거운 사람에게 봄날이 오면

대형산불이 휩쓴, 허허벌판의,

따뜻한, 그 누구의 눈에도 보이지 않는,

안타까운, 밤새워 파도 소리만 철썩대는, 간절한,

잿더미도 다 날아가 버린,

저 먼 우주까지, 아무도 없는,

봄날이 오면.
—「즐거운 사람에게 봄날이 오면」에서

에서처럼 이 직정성은 시적으로 중요한 세 가지 특징을 지닌다. 첫째, 겉말과 속말의 뜻이 다름을 이용해 더 큰 힘을 지닌 존재를 완롱한다는 의미의, 어원 그대로의 뜻으로 아이러니(irony)를 김이듬 시인은 직설적으로 발화하면서도 때로는 자신을 지키는 방식으로 다채롭게 사용해 왔다는 것을 기억할 필요가 있다. 둘째, 이런 경향의 시에서 시적 주체가 직설과 직정성을 시로 변환시키는 매개를 품고 산문과 시의 다리를 건너는 지점이 반드시 있다는 것을 놓치지 말아야 한다. 체험과 잡감이 산문이 되면 수기가 되지만 이미지와 구상성을 매개로 시적 언어의 교량을 건너면 이른바 일화적 시가 된다. 일화(anecdote)가 시적 언어의 교량을 건너 구상적 시로 벼려지는 많은 사례들을

우리는 로버트 프로스트, W. H. 오든, 월래스 스티븐스 등
의 시를 통해 확인할 수 있다. 이때 시적 이미지는 서사를
이루는 경우라 하더라도 언제나 감각과 사유 양쪽에 모두
자신의 길을 놓는다. 그렇기 때문에, 셋째, 이 직정성은 이
내 독자의 내면에 원체험자의 것과 유사한 현실을 조성하
여 공감을 낳게 된다. 위에 인용된 시는 화자가 봄에 겪었
을 어떤 파국적 사태를 직접 지시하지만 아이러니의 어조
를 통해 이미지를 구상적으로 형상화하고 있고 종국에는
절제된 깊은 슬픔을 자연의 일과 인간의 일이라는 사유의
지평에까지 밀어 올림으로써 시적 울림을 준다.

그런데, 이 깊은 슬픔을 안고 '어떻게 하면 시 짓기가
다시 재밌어질까?'

2 파국 앞에서 시가 무엇을 할 수 있겠느냐마는 여하튼
쓰고 있음에 대하여*

어떤 파국적 사태를 직접 경험한 이가 자신이 겪은 것
을 쓰는 이유는 뭘까? 그리고 우리가 그것을 읽는 이유는
또 무얼까?

* 이 부분은 계간 《시결》 2025년 가을호에 게재한 동명의 작품론의 내용
을 보완하고 수정한 것이다.

정작 집이 불타니 언어의 집이 사치 같았다 집이 불타고 나니 속이 없어졌다 뼈대도 지붕도 사라졌다 정작 갈아입을 속옷도 없어 시야가 환했다 집이 불타고 돈이 불타고 추억이 불탔지만 고령의 사람들은 이내 담담함을 찾은 듯했다 살아 남은 것만으로도 감사해야지 불에 타 돌아가신 할머니의 옆 집 할머니가 내 손을 잡고 말씀하셨다 어제는 봄이었다

봄이 불타니 겨울의 집이 불탔고 거실에 있던 시집도 불 탔다 집에 묶이고 싶다 거실이란 무엇인가 난간과 행간이 있 었던 거실에서 나는 살 만했다 타인의 자서전을 쓰고 있었 지 전말을 정해 놓고 전말이란 무엇인가

친구들은 내게 말한다 힘내라고 극복할 수 있다고 하지만 친구여 삶은 극복할 수 있는 장르가 아닌 것 같네 덮쳐오는 불길을 무너지고 쏟아지는 흙더미를 갈라지는 자신의 복부 를 마주한다면 배부른 소리 경이로운 미학적 세계나 창조하 게나

―「생활과 시」

파국 앞에서 가장 먼저 잃는 것은 메타포이다. 언어가 지시대상과 한 치의 거리도 허용하지 않고 밀착하는 것처 럼 느껴지기 때문일 것이다. 이런 상황 속에서는 '언어의 집'이라는 메타포조차 버겁다. 생활 공간으로서의 집 자체

가 불탔기 때문이다. 그런데 상황을 적시하는 첫 문장 다음에 이어지는 문장은 묘하다. "집이 불타고 나니 속이 없어졌다"고 말할 때 "속"은 글자 그대로 집의 내부일 것인데 첫 문장에서 "언어의 집이 사치 같았다"고 단언했음에도 불구하고 바로 두 번째 문장에서부터 언어와 지시대상 사이에 묘한 거리가 다시 생겨나기 시작하기 때문이다. 틀림없이 세 번째 문장부터는 집의 내부가 소개된 정황이 직접적으로 진술되고 있다. 그러나 우리는 내부가 없어진 정황을 읽으면서 "속"이 없어져서 '속없어진' 이의 내면을 동시에 들여다보게 된다. 아니나 다를까 1연의 마지막 문장은 이 직정적 진술이 다시 "언어의 집"을 구축하기 시작했음을 보여 주고 있다. "어제는 봄이었다". 그렇다. 물리적시간으로 그러했을 것이고 옆집 할머니가 손을 잡고 건넨 위로 때문에 마음에도 잠시 봄이 다녀갔을 것이기 때문이다. 그래서일까.

1연의 서두에서 냉연히 멀어졌던 물리적 집과 언어의집은 2연의 서두에서 다시 나란히 마주 선다. 봄이 불탔다는 것이 직설이기는 어렵다. 그러나 이 말은 묘하게 사실관계에 대한 가장 직핍한 진술로 여겨진다. 집이 불탄 현실 앞에서 언어의 집은 틀림없이 사치일 것이니 파국 앞에서 시가 무엇을 할 수 있겠느냐마는 이 화자는 의식적이든 무의식적이든 자신을 언어의 집 속에 다시 세워두고 있다. "무너지고 쏟아지는 흙더미" 위에서 시를 쓰고 있지 않은가. "시가 제 생애 전부가 되지 않기를 바라고 있"
(「내일 쓸 시」)는 이가 집이 불탄 곳에서 여전히 쓰고 있는
것, 그것이 시인데…….

　3연은 타버린 집과 언어의 집의 결별과 재회와 '투쟁'
을 아이러니한 어조를 통해 전경화시킨다. "갈라지는 자신
의 복부"라는 메타포가 이를 간명하게 보여 주고 있다. 바
로 그런 맥락에서, 시의 마지막 대목에서 귀를 찌르는 목
소리, 파국 앞에서 "배부른 소리"를 계속하고 "경이로운 미
학적 세계"로 '공허한' 언어의 집을 짓는 것을 냉소하는 목
소리는 아이러니하다. 파국 앞에서는 어떤 미학적 '정신승
리'도 공소하다. 그러나 시는 여전히 씌어지고 있지 않은
가. 단호한 언명에도 불구하고, 표면에 드러난 의식의 층
위에서의 의지에도 불구하고 이 화자가 불타 버린 집과
무력한 언어의 집에 동시에 거주하고 있다는 것은, 그럴
수밖에 없다는 것은, 어쩌면 다행히 그래야만 한다는 것
은 다음과 같은 시에서도 잘 드러난다.

　군대 막사 같죠 어쩌면 후방에 설치된 야전병원처럼 보일
거예요 요즘 나는 건축물이 땅과 어떻게 관계를 맺는지 공
부하고 있어요 지면 위에 놓인 이 작은 조립식 주택이 나의
집입니다 아직 주소는 없어요

　읍에서 나온 공무원들이 쌀부대를 가져다주었습니다 참

치캔과 김도 있네요 나는 손이 떨려서 쌀을 쏟았지 뭐예요
움푹하게 뚫린 마음 사이로 사근사근한 번민이 날벌레로 올
라와요

신이 나를 사랑해서 나를 이재민으로 만들어 주고 가설
건축물에 살게도 해 주시네요 시에 쓸 얘기가 쌀처럼 떨어질
까 봐 파란만장 상상 초월 상황도 주시고요 나는 요즘 사람
이 사람과 어떻게 이어지며 관계를 맺는지 공부하고 있어요

폐사지 같은 움푹한 공터에 똑같은 열두 동의 조립식 주
택 중에 맨 마지막 집이 제 집입니다 나는 이따금 땅에 누워
하늘을 보죠 별자리를 점치고 내일 날씨를 예보하는 업무를
맡은 사람처럼 큰 장마가 오면 주택들이 물에 휩쓸릴지도 몰
라요

내일 걱정으로 오늘을 그르치지는 않겠어요 동떨어진 곳
에 친애하는 잔인한 신이 있나요 범우주적인 게 뭘까요 나
는 하늘을 보며 절벽에 둔 집터 생각을 하고 잿더미와 폐기
물로 남은 생활을 걱정합니다

—「오지의 건축물」

"군대 막사 같죠 어쩌면 후방에 설치된 야전병원처럼
보일 거예요", 무엇이? 임시 거처가? 조립식 거처가? 임시

로 지어진 언어의 집이? "오지의 건축물"이라는 표제는 직
설인가 메타포인가? 이런 질문은 이 시 전체에 통용된다.
가장 직설적 어조로 씌어져 있지만 이 시 역시 두 겹 아
니 세 겹으로 읽힌다는 것이다. 그것이 파국을 말하는 것
의 숙명이다.

우선 한 겹. 이 시는 구상적이고 일화적이다. 이야기가
있고 그림이 그려지기 때문이다. '나'는 아직 주소가 없는
"조립식 주택"에 거주하고 있다. 공무원들이 식량을 보급
해 주고 '나'는 "잿더미와 폐기물로 남은 생활"을 걱정한다.

두 겹. 설명적이다. 다시 말해, '한 겹'의 층위에서 생생
하게 제시된 상황에 대한 해석적(?) 진술이 이 시에 포함
되어 있다는 것이다. "신이 나를 사랑해서 나를 이재민으
로 만들어주고", "내일 걱정으로 오늘을 그르치지는 않겠
어요", "동떨어진 곳에 친애하는 잔인한 신이 있나요 범우
주적인 게 뭘까요"와 같은 진술이 여기에 해당한다. 캉디
드도 있고 스칼렛 오하라도 있고 김이듬도 있다. 따져 묻
고, 작심하고 허무는 이가 이 목소리들 속에 공존한다는
것이다. 파국을 "공부하고 있"기 때문일까?

세 겹. 한 겹의 파국과 두 겹의 해석이 만드는 이격(離
隔)이 낳는 메타포가 그것이다. "시에 쓸 얘기가 쌀처럼 떨
어질까 봐 파란만장 상상 초월 상황도 주시고요"라는 문
장에 담긴 아이러니가 그 자체로 다시 이 메타포의 원관
념을 이룬다면 시의 표제인 "오지의 건축물"이 이 메타포

를 완성한다. 파국 앞에서 시가 무엇을 할 수 있겠냐마는
웬일인지 시가 씌어지고 있으니 그것이 오지의 건축물이
아니고 무엇이겠는가?

그렇게 파국 앞에서 언어의 집마저 전소시키지 않고
‘잿더미-언어’로 가까스로 오지의 건축물의 기초를 세우
면서 한 계절이 지나가고 나서야 새로운 집이 지어진다.

아무도 미워하지 않고 한 계절이 지나갔다 아무에게도 알
리지 않고 한 계절이 지나갔다 미움이 없어 분노가 없어 관
심과 눈치도 없이 봄이 지나갔다 지나고 보니 봄이었다 올리
브유로 비누 만들기만큼 쉽게 지나갔다

봄에 나는 죽어 있었고 내가 죽으면 애인은 어찌 살까 걱
정하지 않았다 애인은 내가 죽기 전에 죽었으니까 나의 집은
황무지가 되었다 풀들이 불에 탔다 아무도 미워하지 않고
한 계절이 지나갔다 나는 벽돌만 한 비누를 집어 던지지 않
았다

자연은 좋겠다 폭풍이든 초대형 산불이든 지진이든 일으
켜도 자연을 벌하지 않으니까 대부분 인재 사람의 잘못이라
고 말하니까

아무도 미워하지 않고 한 계절이 지나갔다 아무도 미워하지 않는다고 아무도 사랑하지 않는 건 아니었다 유학 가기 전엔 매일 다퉜던 동생을 사랑하게 되었다 동생이 공원 공중 화장실에서 얼굴이 벌개가지고 울면서 나왔다

유머를 잃어버렸지만 나는 아무도 미워하지 않고 한 계절을 보냈다 내 동생은 남자처럼 보이지만 여자다 키가 백팔십이고 머리를 허리까지 길렀다 이렇게 설명해 봤자 그 아주머니는 남자가 왜 여자 화장실에 들어오냐고 소리쳤다

누구의 탓도 아니었다 내 탓이오라고 말하지 말라며 나는 동생을 다독였다 자연에는 암수 외에도 성이 있다 아무도 미워하지 않고 한 계절이 지나갔다 향기로웠다 봄이었다
　　　　—「아무도 미워하지 않고 한 계절이 지나갔다」

다행이다. 아무도 미워하지 않고 한 계절이 지나갔다. 때로는 독신(瀆神)적 원망도 있었을 것이고 체념이나 혹은 과잉된 의지도 없지 않았을 것이나 그렇게 "지나고 보니 봄이었다". 집은 황무지가 되었고 풀들이 불에 탔지만 아무도 미워하지 않고 한 계절이 지나갔다. "아무에게도 알리지 않"아 미움도 분노도 관심도 눈치도 누그러질 수 있었겠다. 이것은 가장 소극적 의미에서의 회복이다. 그런데 "아무도 미워하지 않는다고 아무도 사랑하지 않는 건 아

니었다". 이것은 적극적이라고까지는 몰라도, 스피노자 식으로 말하자면, 슬픔으로부터 기쁨 쪽으로 신체변용되는 정동이다. "자연은 좋겠다"라고 시작되는 문장에 담긴 가볍지만은 않은 눈총이 시의 마지막 대목에서는 "자연에는 암수 외에도 성이 있다"는 문장으로 바뀌어 있다. 인간이 그은 구획을 자연은 알지 않는다. 밉던 동생을 안듯 자연이 '나'를 안는다. 앞서 한 번 눈여겨보았던, 파국의 시간을 적시하던 "봄이었다"는 문장이 여기서는 아무도 미워하지 않고 보낸 한 계절을 돌아보는 마음을 위해 사용되었다. 파국 앞에서 시가 무엇을 할 수 있겠느냐마는 언어의 집마저 허물지 않고 보낸 한 계절이 그렇게 지나갔다.

3 용해와 침묵을 통해 시 짓기의 재미를 회복할 수 있을지에 관하여

나의 미적 범주는 차가운 물에 녹는다
추하다 미추와
우연과 필연은 우양산 같다
(중략)

순식간에 집은 재가 되었다
가문 봄날이었다

섬이 보이는 집이었는데

나는 인정해야 한다

구할 수 없었다

안정감이 필요하다

—「우유부단」에서

파국 앞에서 언어의 집마저 모두 허물지 않고 한 계절을 지나는 동안 시인에게 찾아온 가장 큰 변화 중 하나는 미적 범주의 용해일 것이다. 파국은 습관과 일상의 기율 그리고 삶에 대한 태도의 변화로 이어질 수밖에 없다. 우산과 양산이 우양산이 되어 임의의 사태에 대처하는 임기응변이 되듯 미적 범주의 용해와 혼용은 명석판명함과 사리분별이 낳는 예리함과 첨단의 감각대신 "안정감"을 얻는 데 소용이 된다. 단, "심"만 잃지 않는다면…….

심이 없으면 촛불을 켤 수 없고 연필도 쓸 수 없다 두루마리 휴지도 풀리지 않는다 나는 깨물던 사과 심지를 성냥처럼 들고 지하로 내려갔다 심을 베어 물지 않는다

거액을 준다고 해도 마음 없는 일은 하기 싫었다

(중략)

심이 없어서 한 계절 무난했다 음악을 아는 이의 무언가
(無言歌)처럼 심란함은 심의 장난이었나 내가 심 없이 살 수
있는 기간은 전혀 먹지 않고도 버틸 수 있는 동안이었다

나는 심을 달래러 가지 않아도 되었다 허기와 외로움이
바닥날 때쯤 말과 함께 심이 돌아왔다 심은 불타지도 얼어
붙지도 않았다 심은 눈이 밝아서 수천 개의 병상 중에 나의
간이침대를 찾아낸다 심은 무심할 때 날아온다

나는 심에 집착하며 오래 탐구해 왔지만 알아볼수록 알
수 없다 타인의 심이 무심코 내 심장에 박혔다는 심령학자
의 방문을 기다리고 있다 번거로운 걸 나는 좋아한다
—「심 수색 일지」에서

촛불심, 연필심, 휴지심(?) 등에서 "심"은 사물인가, 관념
인가? 사물로서의 심은 중추이며 뼈대일 것이고 관념으
로서의 심은 예컨대, 한 시인이 "밀려오는 게 무엇이냐"라
고 묻고 "오 시야 너 아니냐"(정현종)라고 자답했을 때에서
처럼, 구체적 상대역을 지시할 수 없지만 시의 핵이 되는
무엇일 것이다. 우리는 물론 심 없이도 살 수 있고 때로는
심 없이 살기를 바라기도 한다. 그렇지만 마음을 무언가
에 오래 매어 둔 적 있는 누구에게나 그것은 "무심할 때
날아온다" 그것은 타자로부터도 혹은 내부로부터도 온다.

그리고 일단 오면 사태는 다시 '번거로워'진다. 미적 범주
의 용해와 혼용은 무심하게 심을 불러들이는 힘 빼기였으
리라.

　　찬란했던 수련 군락도 다정했던 청둥오리떼도 한때였다
　　문득 호수는 고마웠을 것이다
　　몰아닥친 한파가

　　그날 밤 호수는 얼어붙었다
　　이튿날 폭설까지 쏟아져 호수는 새하얗게 뒤덮었다

　　바깥에서는 전혀 호수 내부가 보이지 않았을 때
　　호수는 투명하게 내면을 응시하는 듯했다

　　비로소 무문관이 되어
　　자기 안에 서식하는 침묵을 보았다
　　스스로 수질을 살폈고
　　시꺼매진 바닥에 기겁했다

　　그리고
　　기억나지 않는다

　　걸어왔다

너는

저만치 호수를 밟고

─「입동 무렵」에서

    찬란하고 수런거리던 한때를 뒤로 하고 문득 "몰아닥친 한파"가 고마워지는 때가 물론 있다. 바깥에는 되비추고 내면에는 불을 켜 보는 시간이 누구에게나 있다. 기를 쓰고 통과하려 할수록 높아만 가더니 손에 힘을 빼고 심에 집착하지 않게 된 어느 순간에 이미 지나온 관문도 있다. 오래 색바랜 스스로의 바닥과 침묵을 마주하는 순간이다. 그리고 그제야 비로소 "저만치 호수를 밟고" 다가오는, 밀려오는 무언가가 있다. 밀려오는 게 무엇이냐, 오 너 아니냐!

지은이 김이듬

2001년 《포에지》에 시를 발표하며 등단했다. 『명랑하라
팜 파탈』, 『히스테리아』, 『표류하는 흑발』, 『투명한 것과
없는 것』, 『누구나 밤엔 명작을 쓰잖아요』 등 다수의
시집을 비롯해, 장편소설 『블러드 시스터즈』, 산문집
『디어 슬로베니아』, 『모든 국적의 친구』 등이 있다.
전미번역상, 루시엔 스트릭 번역상, 김춘수시문학상,
샤롯데문학상, 이형기문학상을 등을 수상했다.

아무도 미워하지 않고 한 계절이 지나갔다

1판 1쇄 펴냄 2025년 12월 12일
1판 2쇄 펴냄 2026년 1월 8일

지은이 김이듬
발행인 박근섭, 박상준
펴낸곳 (주)민음사

출판등록 1966. 5. 19. (제16-490호)
서울특별시 강남구 도산대로1길 62(신사동)
강남출판문화센터 5층 (06027)
대표전화 02-515-2000/ 팩시밀리 02-515-2007
www.minumsa.com

ISBN 978-89-374-0957-8 (04810)
    978-89-374-0802-1 (세트)

* 이 책은 서울특별시, 서울문화재단 '2023년 창작집 발간 지원
사업'의 지원을 받아 발간되었습니다.

* 잘못 만들어진 책은 구입처에서 교환해 드립니다.

민음의 시

민음의 시
목록